弓なりの海

北野幸子

歌集

青磁社

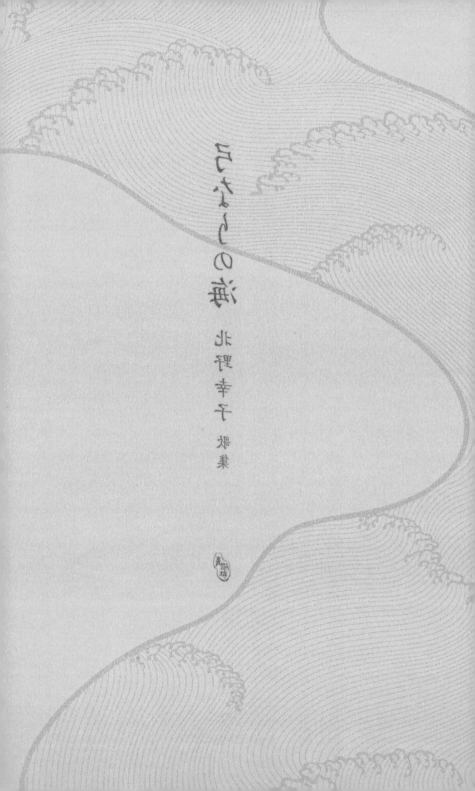

ろならの海

北野幸子 歌集

弓なりの海＊目　次

I

II

北野幸子歌集

弓なりの海

I

合はせ鏡

ほのあかき桜並木をくぐりぬけ人はやさしく濾過されてゆく

連なりて咲くこでまりの花のいろ夢の下絵をあはく描き込む

そよぐ樹をガラスはうすく隔てゐて吹かれぬはずの風に吹かるる

アイロンのすべるあとより立ちあがる梔子《くちなし》色のブラウスの花

乱切りの茄子浸しおく深鉢のみるみる藍《あを》きみづうみとなる

花毬はまひるの雨を吸ひつづけ飽和しゆけりわれのこころも

転がれる語彙のひとつがふくらみぬ夢とうつつの合はせ鏡に

わが裡にいかなる支柱打たるるや絡ませのぼるゆめの幾条《いくすぢ》

まつすぐな畔をあゆめばさみどりの田はつぎつぎと後退りする

透明にもどり始める冷凍の烏賊に現実《うつつ》をあはせて戻す

引き抜きの糸ひそやかに抜き取られわれにあらむか変化《へんげ》の一瞬

あまき香の玉露のしづく滴《お》としゆくのみどに騒ぐ言葉しづめて

ゆるめてはひらく帛紗に導かれいつか自在のこころとならむ

ふくらみてやがて散りゆく侘助の身じろぎとともにめぐる七曜

ボーダーライン

潜みゐる吾の平衡確かめむヨガの呼吸にいざなはれつつ

瞑想の闇にめばえる小さき核限りもあらぬ展開はじむ

解《ほど》かれてくまなくわたしとなりてゐる完全弛緩《シャバアーサナ》の仰臥のときに

樵の木の網目の影に捕らはれてわたしは山の獲物となれり

しなやかに伸びるセーター被りつつ赦されるボーダーラインを探る

長きコード一瞬のうちに巻き上げて君をこんなに処理してみたし

さみどりの絹を裁ちゆく鋏より春浅き野があらはれ来たる

天の橋立　　春より夏へ

弓なりの橋を渡れり　天橋立《はしだて》はひとすぢあをき海の回廊

遠山の裾にひろがる内海は砂金袋となりてきらめく

一艘の春の小舟は水脈《みを》曳きて湾を渡れり弦のごとくに

異なれるふたつの海のささやきに身を置くここは砂洲の領域

災害の傷みをのこす松の根にあまねくそそぐ春の斑陽《はだれび》

ゆふだちの走りて濡らす夏木立みるみる木々は背筋を伸ばす

大方は忘れゆきたり地獄絵の惨も古堂をめぐり終へれば

ぐいぐいと夏の日差しを押し戻し運河は蒼き水位を上げる

さかしまに望む橋立うすずみの一筆にゑがく天の浮橋

無色のまひる

沙羅の花あはき眠りをゆるゆると目覚めゆくごと籠に開けり

ゆふごもるわれの背《そびら》に顕つものを捉へむとして綴る言の葉

「螢」とふ冷菓を口にふくむときわが一隅に闇は降りくる

透明な玉かんざしが徐々に吸ふ祭りの果ての闇のうすあゐ

縦縞のひとへの帯を垂らすとき流れはじめるゆふぐれの瀧

半夏生白くきやかになりゆけり見えぬまぼろしわが身を領す

竹叢のうれのそよぎを吹き入れて葉月はじめの袖ふくらみぬ

直線の素描のやうに身を緊めて麻の着物のひと歩みくる

うとうとと午睡のさなかうちつけにセカンドハウスの夢売りが来る

ゆつくりと折り畳まれてゆくこころ夏の扇子を閉ざしゆく季《とき》

撒き水のむからうに夏が逃げてゆくおもひでの列組み替へながら

いいのかと輪唱のやうな問ひかけを持ちつつ洗ふいくまいの皿

揉むほどに紅鮮《あざ》らけき紫蘇の葉に無色のまひる染まりてゆけり

夕立の激しき雨に均《なら》さるる葉月なかばのひと日の禍福

冬木立

落葉《らくゑふ》はドミノのやうに降りつづく弓なりの長き海岸線を

触れ合ひしゆゑの傷みか冬木立ゆづらぬ枝を空へ伸ばせり

父の歩にをさなきわれの歩を重ねけもの道へと行きし日ありき

陽だまりに父の吹きたる煙草の輪　少女のわれの夢をくぐらす

暗室に引き伸ばされてそよぎゐる秋桜《コスモス》の群れに紛れゆきしか

父の組むおほき胡坐のなかに居てこはいものなど何も無かりし

「ゆきひら」の語感じんわり身をぬくめ心弱りの朝を支ふる

午後五時を接点としてすれ違ふふたりのわたし廊下小暗く

踏み切らぬ助走ばかりをくりかへし晩春《はる》のひと日の昏れてしまへり

匙の背に縮小されて映る部屋ここより発たす扉をさがす

薄闇を分け漕ぎ出だす父の櫂　果てなくつづく水脈を曳きたり

弓弦の音

受験期の汝がきりきり引き絞る弓弦の音は夜々を軋めり

多項式連なりて汝を取り巻くや答へを持たぬ若さの闇に

無造作に合格通知受け取りてそれより長くドアを閉ざせり

るりいろの長き尾の鳥夢にきてあかときのあさき眠りいろどる

爛漫の百万遍を戻りゆく離せしはずの子に離されて

思ほえず単身赴任する夫の荷物に朝のカップを入れる

三方に隔たりて住む家族らにともに吹きくる春の黄砂は

かき立ててゐるのは私の心かもしれず卵黄の白くなるまで

日常を変へる魔法の杖を振るみそひともじのけむりにまいて

若葉雨なにも語らぬひそけさに天地を青く満たして潤む

II

見知らぬ街

藤棚の下《もと》にシャッター切られをり気づかぬものに気づき始めて

鮮《あたら》しき魚に打ちたる粗塩や夫と離《さか》りし日々緊りゆく

定かにはあらぬみおもて思ひやる普賢菩薩を逆光のなか

夫の住む見知らぬ街に降り立てばつやつや光る苺売りゐる

涼やかに一本の道は伸びゆけりビードロの鈴打ち振れるとき

やはらかき面差しとなり構内《キャンパス》の緑蔭の輪にわれを手招く

実験の機器あふれゐる窓際に白衣の汝の横顔写す

スカーフの象形文字の黄の鳥とゆれてまどろむ夜の電車に

春昼の窓にクレーン現れて午後の虚ろを釣り上げてゆく

誰のものにもあらぬわたしを組み立てる千本格子の衝立の内

砂時計

大和路にのぼる昼月掬ひとらむ遠世の国の采女《うねめ》となりて

現代と古代を瞬時に交差させ八十《やそ》の衢《ちまた》にわれらは集ふ

古墳より古墳へ至る道あゆむ身めぐりに吹く風をまとひて

立証する必要もなき一日の動向刻むレシートを持つ

頒ちもつ時の傷みを砕きつつ砂時計かすかきらめきて落つ

帰りこし夫のコートの内側に夜の電車の音響きくる

眉型に黄色きバターすくひ取り新月浮かす朝のキッチン

かたゆでの卵ころころ転がりてもう間に合はぬまだ間に合ふか

うすずみのふみ

さいはひを語りなさいと木洩れ日のなかに置かるる木の椅子ひとつ

目鼻なき一対の雛飾り置きわれらも見えぬ一隅を持つ

身にのこる夢の余韻はひらがなに綴られてゆくうすずみのふみ

冬の陽に投げ出すこころ葉ぼたんのやはらかき渦に巻かれてゆきぬ

ぶつぎりの無聊もともに放り込む沸点をもたぬ深き夕鍋

透きとほる「結び針魚《さより》」を炙るとき不意に若狭の海は香れり

饒舌のその背景にあるものは問はずグラスを夫と合はせる

聞くよりも聞かぬことばにとらはれて空にとどまるひとひらの雲

湯冷ましの透明の湯はひそやかに白磁の底の花紋を咲かす

暮れのこる夕日のなかのリフティング　グランドに子は影絵となりて

予測つかぬ尺度をもちて歩む子に「信頼」といふ傘さしかける

波の反復

浪寄する琴引浜に降り佇てば胸の真珠にひかりあつまる

みづからを細くたたみてまたひらく限りなき波の反復とゐる

平行をまもるレールの賢明さ陽を分け走る五月の電車

ここよりはゆけぬ向かうに水芭蕉ましろき苞がむらがりて咲く

山深く溜めもつ水は瀧となり今ひといきの呼気を吐き出す

透明のテーブルは空を映しとりさかしまに楓の影がひろがる

曖昧をゆるさぬ白き方眼紙ただよふわれを印さむとする

華やぎの輪よりほのかに立ちあがるうそとまことを照らす蠟燭

大江山かろがろ越えて秋冷の茶屋にひとりの茶のあたたかし

幾重にももみぢの衣をうち重ね伝説の山は鬼を眠らす

存分に盛りの秋を駆けめぐる鬼に無冠のよろこびやあらむ

雲海はうすむらさきにけぶりつつ丹波丹後の山脈《やまなみ》覆ふ

半島の窯より生《あ》るるひとひらの陶より赫く黄昏は来ぬ

空には空の

あをあをと子が子でありし時の空　五月の幟は鰭跳ね泳ぐ

異端児のごとき一基の風車ありかたくなに羽根を空にとどめて

転身をなして舞ひ翔《た》つ蝶ひとつ空には空の哀しみが待つ

搔き消してふたたび描く自画像のまたしても同じ彼方を見つむ

奪ふもの奪はれしもの均衡を保ちてひかる星の天秤

やうやくに捜す出口はいつしかに入口となりめぐるうつし世

定まらず流れず葛湯のやうにゐていつしか季は水無月となる

水中の茎幾本もすずやかに玻璃《ガラス》の瓶を垂直に裂く

ほほづきを夫は買ひ来るとほき日の少年なりし夏引き連れて

天心にかかる三日月引き寄せて今宵のわれの揺り椅子とせむ

いさぎよき落差の描くうつくしさ吹き上げて散る夏の噴水

掌より掌へ

アルバムは時の起伏を操作してなだらかに年を重ねて並ぶ

走りても転びてもしかと手離さぬ黄の風船の直立の糸

半円にひろがる窓を起点とし碇高原の視界はるけし

風受けて音色すずしく韻《ひび》かせよ　うすきみどりの宝鐸草《ほうちやくさう》は

「離れ湖」は離れしゆゑにうつくしく水面に揺らぐ木蔭を抱く

掌《て》より掌へ金の光をこぼしつつ香合に描く螢とび交ふ

漆黒の茶碗に銀河描かれてわが掌のなかの宇宙に対《む》けり

宙《そら》よりの風説ひとつながれくる星合《ほしあひ》の夜の銀河を逸れて

緋帛紗に清められゆく棗にはとはに螺鈿の笹露光る

茶事果てしのちの余韻はゆるやかな波間の舟となりてただよふ

送り礼受けて茶庭に身を返す帯の菖蒲もともにゆらぎて

杜ふかく

明暗に関はりもなく夜の底を電話はつねに単調に鳴る

容赦なく人は個となりのぼりゆく間隔保つ冬のリフトに

長く垂らすりんごの皮の先端にさぐらせてゐる今日の命運

最小の家族のかたちある時は最もするどき位相を占むる

杜ふかく歩みゆくとき若さにも老いにも遠き四辻に合ふ

英文と和文の文字を綴りゆく互みに異質のもの見遣《みや》りつつ

歳時記に重なり眠る冬言葉いまだ目覚めぬ一語を起こす

水の月掬はむとして消ゆる夜をともに重ねてめぐる歳月

天の橋立　　秋より冬へ

一体の地蔵にひたとむきあへり　銀の綾なす入江へだてて

見え隠れしつつ導く花すすきあの世この世のここは通ひ路

久世戸《くせと》より空へ飛び立つ水鳥は透きとほる秋の風を捉へて

ゆらめきて映る松影砕きつつ舟は運河の橋を目指せり

翼より振るひ落とせし雪の華ゆふあかねする海に拡がる

水中に揺れやまぬ冬の藻を抱き山陰の暗き海しづもれり

厳冬に挑むがごとく橋立は真一文字に海を切り裂く

陶板に海のかがよひ描かれてわれにしづかな氾濫のあれ

はしたては雪をふるひて立ちあがる逆さ眺めの海の天《そら》より

すずしき一樹

半島の今どのあたり奥伊根の崖《きりぎし》の景右に眺めて

伊根もづくさくさく食めば背後より舟屋の海の潮《うしほ》満ちくる

遠つ世の伝説をもつひとところ浦島神社の老樹くらかり

海岸線いく曲りして着く宿にまぼろしのごと篝火は燃ゆ

高みへとつづく石段のぼりゆく青闇を分ける一灯ゆれて

薄らかにたそがれの朱を帯びながら寺の丸窓酔ひ初めにけり

夏空に繋がれかくものびやかに獅子も羊も身を煌めかす

さゐさゐと耳に触れくる朝の湯の譜面をもたぬ楽を聴きをり

木の葉より木の実に日の斑《ふ》移りゆき吾もすずしき一樹とならむ

ときじくのかくのこのみの香にひかれ歩みをかへす文月のみち

Ⅲ

花の始終

離陸する感覚絶えずつきまとふ異国へと子の発つ桜月

家族らの春の転機に関はりて置き去りとなる花の始終は

夕風はみるみるうちに卓上の一万年の世界史を繰る

子とわれをつなぐ役割さりげなし嫁の電話をあたたかく置く

カットグラスのやうに鋭き照り翳り夫は刻みて夜を帰り来る

理不尽を怒れる人の胸にあるカメオの楕円徐々に歪めり

一脚の椅子をわれらの舞台とし朗読会の午後あたたかし

くりかへす三好達治の「甃《いし》のうへ」追憶のみちを友とあゆみて

熱湯にさらす若布《わかめ》に一呼吸おくれて冴ゆる妻といふ身も

川底にしづむ濁りのそのままに春には春の水流奔る

「東下り」

輪となりて「東下り」を読みゆけり三河の国の旅人となる

方丈の庵をノートに再現しひとときわれらも閑居に遁《のが》る

多羅葉の葉裏にしるす万葉歌さわらび萌ゆるかのはつはるを

おぼろ夜の「朧月夜」のものがたり夢の腕《かひな》に引き寄せられて

ひと息に平家の無念読みすすむ十人十色の日常を措き

舟が出る

見る見るうち解体さるる空間にあたらしき風の道拓きゆく

剝き出しの組み合ひし梁たくましく支へられ来し歳月と思ふ

塗りかへす青丹の壁のみづみづとたちかへり見る吾の立つ位置

ひとまづは濡れてそれより吸はれゆく雨はかぐろき石の芯まで

手の上にふるふると立つ絹豆腐あやふく日々の均衡保つ

出張の夫の電話は花冷えの半蔵門の夜景を伝ふ

ハンカチの格子の柄を折り畳み返すことばをととのへてゆく

火の匂ひ持ちし地鶏の運ばれて単純となる人間《ひと》の本然

冬隣ふつふつ煮ゆる味噌鍋の湯気のむかうとこちらで話す

辛口の「酒呑童子」の透明に虚実もろとも溶かせて酔へり

とりわけて問ふこともなし行先を告げず出でゆく夫の立冬

街をゆく人の淋しさ拾ひつつ回送さるるゆふぐれのバス

とゝのへてとゝのへてのちひと息に崩してみたき衝動を持つ

春霞にけぶれる川の岸辺よりなりゆきまかせといふ舟が出る

水鳥とわれ

舞ひ込みし転居通知に描かるる手書きの地図の橋渡りゆく

唇《くち》寄せてほそき絹糸切るときにするりと替はる季節の予感

一杯の湯の沸くまでの「もしかして」ガスの炎の伸縮に添ひ

際限のなき俗塵も吸ひ込みて定位置にもどす朝の掃除機

髪高く結ひあげられてまやかしの量感をもつ頭《かうべ》と帰る

やさしさは時には酷し風の午後手を洗ふときうちつけに顕つ

単調をなぞるも生きてゆくちから洗ひては汚す春慶の箸

良きことのみ告げて雪夜の電話切るいつしか息子は父母《ちちはは》を越ゆ

対岸の岩に動かぬ水鳥とわれと引き合ふ冷気の中で

もう少しこの手伸ばせば届くもの摑まぬこともわれの選択

推敲の候補に立ちし「動詞」らもともに眠れり午《ひる》の花茣蓙

ぶつかりてまたぶつかれる春の水思ひの丈を吐露して流る

カーテンに抽象の花は連なりて春と思へば春の花咲く

エレベーターに吊り上げられて鳥となる日常の陸《くが》を置き去りにして

あるもので済ますひとりの昼の窓ふいに何でも出来る思ひす

反物のなかより流るる桜川　春の畳をななめによぎる

笹の葉かざり

カーテンの裾に四月の光射し子にそれぞれの妻ある朝《あした》

ゆく春をしばしとどめてイカリサウ木蔭にしろき碇を下ろす

月並みなことばに尽きる願ひごと爪立ててむすぶ笹の葉かざり

おもひでは母の故郷へさかのぼるあの縁側の春夏秋冬

卯の花の白さ増しゆく時の間も思ひはつねに北へと向かふ

大西瓜ざぶんと浸けてもりあがる盥の水の土間にあふれて

凪ぎわたる日置の浜は風を置き日を置き月の光を置けり

八月の海をましろく切り裂きてボートはわれの視界二分す

子の妻のたたみし麻の夏蒲団　垂直に四方重ねて置かる

草木と同じ

ひととせの往来に沸く街に来て常と変はらぬものを購ふ

あとはもう暮れてゆくのを待つやうな池の面のもろもろの影

雪止みてまた降るまでのひと呼吸たひらとなりしみづかねの空

ふるさとの海のめぐみを凝縮し撥のかたちに「くちこ」乾けり

汲み尽きぬ由無《よしな》し事を汲みつづくわれも一つの滑車を上げて

救急車の音の濃淡揺れのこる街に車をゆつくり戻す

言ひ過ぎず言ひ足りもせずやはらかき筆圧のこる和紙の便箋

人もまた草木と同じときどきは日を浴びなさいと文のなかほど

畳の縁踏まず歩けり根拠など知らず教はりし通りにあるく

外海のうねりに乗りて冬鳥はつるりと湾の喉《のみど》を潜る

未明の海

競りの声飛び交ふなかに寒ぶりは未明の海の冷気を放つ

色変へてかたちを変へて大蛸はするりと矩形の箱に収まる

定年といふ着地点見据ゑつつ今朝も変はらぬ夫の冬越し

指先にたどる系譜の右下に小さくわれの名も連なれり

遠祖《とほおや》のうろ覚えなる名のいくつ活字となりてここに定まる

幼き日ふかく関はりし大叔母と吾との位置を今しかと知る

家系図を描かせし汝の思ひとは「十月吉日編纂」の文字

紅しるき椿は一重の目をひらく雪の微かな光まとひて

伊吹山のぼり下りの霧のなか明日の明暗みえざるも良し

ありのまま語りつくして荷を下ろすいくたび友に扶けられ来し

煮含めし高野豆腐が吸ふほどの幸ひ鉢に小高く盛りぬ

傾けば傾くままに山ぼふしここに定位置占めてながらふ

とほき地の角地に建ちし息子《こ》の家の銀の表札カメラに収む

子の家をぐるりと囲む山茶花に親の祈りを託して帰る

夏へと奔る

黄昏の近江八幡さくら堀手漕ぎの舟にこの身しづめて

かうすればかうなるといふ筈もなし不意の桜に迷ふも良けれ

新しき電池に替へて動き出す時計たちまち吾を操る

湯冷ましの湯気消えてゆくかたはらに動き始める五月の言葉

水平に上げては下ろすブラインド呼吸のやうに日々を整ふ

ゆれるのは木よりもそれを映す影実体のなきものをこそ懼《おそ》る

教育のテレビ討論夫は見てするすると戻る校長の顔に

端午とは丹後の節句と思ひ込む幼き日々に五月は還る

いちはやく薩摩の初夏《なつ》を届けくる友は走りの新茶を添へて

浅き瀬をふたつに分けて二瀬川ここより春は夏へと奔る

見失ふラップフィルムの境目は同じところで惑ふ果てなく

とことはに捩れを解かずもぢずりは平地にほそき意志をつらぬく

ほんたうは奇跡のやうな綱渡りここにかうして居る朝の椅子

しぼり鳴く声の摩擦に火となりて蟬はまひるの大樹を焦がす

草紙よりひとりの姫の遁れ来むひかり涼しき夏の屛風に

身ひとつを護るに適ふ一帖のあをき畳と晩夏を越ゆる

Ⅳ

若き駿馬

ＣＧによみがへりたる宮津城　平成の世の地形に沿ひて

大手門くぐりて見ゆる本丸に海鳥あまた舞ひて出迎ふ

内外《うちそと》の濠を漕ぎ出す一艘の舟にかの世のガラシャを乗せて

天守より急降下せる鳥となりわれは水面にしばしただよふ

いちにんの武将をのせて駆けゆけり若き駿馬のまぼろしとゐる

雷鳴

新涼に隠しおほせぬ年齢の「さあ、さあ、さあ」と問ひかけてくる

とりたててわが身証《あか》さむことなくも指紋がのこる透明テープに

垂直にわれを立たせし傘の中ただよふ語彙の縦書きとなる

そののちの展開追はず雑炊に回し入れたる卵ふくらむ

さう言へば夢とうつつの振り幅の小さくなれり　遠き雷鳴

背くとも従ふともなき摺り足の摩擦音鋭く畳に引けり

段菊は段をはづさず咲きのぼるこのむらさきの生真面目を挿す

負けるが勝ち負けるが勝ちと教へられいつまでも勝ちの時などは来ず

電飾の広場にありてかがやきに取り残されし闇にやすらぐ

こちらよりあちらに何かあるやうな智恵の輪灯籠するりとくぐる

ストールをほどくまにまに聴こえくる取り逃がしたるもろもろの声

階段降りる

計画の立たぬ未来もまた未来冷凍うどんを母と分け合ふ

ほそく差す夕日の幅を引き伸ばしロールカーテンゆるゆるひらく

一生を母は広げてまた仕舞ふ過去形ばかりの藍の風呂敷

白玉を丸めてくぼみ押すこともてのひらうすき母より学ぶ

点滴につながれし母につながれて黄砂のつづく日々を籠れり

たまご焼きまだあたたかさのこる距離ときに母との距離見誤る

うちつけに「そちらへ鳩が行つたよ」と夫が声掛く奥の部屋より

気まぐれな昼の驟雨に支配され窓の開閉ひとたびならず

手から手に受けてかなしきゆすらうめ記憶の中の母とはぐれて

ストレッチャーに運ばれてゆく母のあと用なき靴を持ちて追ひかく

「主治医よりカラダわかる」といふ母をなだめて飲ます赤き錠剤

留守となる家の庭木の剪定を動けぬ母がまた繰り返す

人様に見える範囲のかなしみをねぎらはれ白き階段降りる

人気なき待合室にながながと高枝バサミのCMつづく

転院を急かされて日ごと訪ねゆく病院は多く坂の上《へ》に建つ

ふくらみを空へ空へと向けて咲く紫木蓮《もくれん》は色をこぼさぬやうに

ほそきくちばし

きりきりとつがへて放つ破魔弓の的となるものふと見失ふ

間隔の闇こそは美《は》し　口取りを並べ置きたる半月の盆

室温の定まる部屋の三階に母も見るらむ午後の淡雪

折箱の「丹後ばら寿司」ちちははに通ふおもひで五彩に詰めて

動くもの察知して飛ぶひよどりに吾も地上の一匹の敵

ひとつ経てひとつ始まる春隣ちぎりこんにやくふつふつと煮て

ワイパーの描く扇の先に見ゆみづゆきに混じるわが持ち時間

身になじむ動線をもつあけくれのここもこの世の仮の一隅

ゆつくりと濁る目澄みて老い母は焦点を何に合はさむとする

水平に柄杓のみづを汲み上ぐる身にふさはしき容量をもて

入院の夫と卒寿の母を訪ふ振り子のやうな日々が続けり

さみしさの的をはづしてこもごもに立ちては座る病棟の椅子

良きことのみ言ひて労り合ひしのちそれぞれの夜に戻りゆきたり

飛び立つを前提として木に止まる春の小鳥のほそきくちばし

眠るひと眠れぬひとを相容れて無音の雨に濡るる家並

うす紙に跳ねる金魚を掬ひとる祈るほかなき日々をつなぎて

青きクロス

ピオーネの弾む一粒放り込み今日待つことに今日対《む》き合はむ

たつぷりと修正液に塗りつぶす借りものめける詩語のひとつを

人の世の起承転結なかなかに乾き過ぎたる干柿垂るる

しろがねの帯締めきつく結び終へ冬のこころを確と引き上ぐ

赤蕪のにじむうすべに指先にのこりてわれにまだあるちから

テーブルの青きクロスのよろけ縞ふかむる酔ひとともに波打つ

九条葱とんとん切りていづこへと導かれゆく音かと思ふ

冬ざれの闇を破りてあらはるるツインツリーは戦ぎをもたず

外海となる

とりあへずとりあへずここに鉢を置く断定できぬものら取り巻く

最小の家族のかたち彩れり鬼を飾りて酢飯を巻きて

ひたひたとみづかねいろの漣《なみ》を吸ひ春を呼び込む鳴き砂の浜

人の訃を聞けば必ず羨める母の言葉をまた受け流す

いやさらに速度を増して水流は人工の堀の底を研ぎゆく

ここよりは外海となる運河《かは》の先さざなみは徐々に野放図となる

はしたての洲中の道の松かげに早替はりなす春の佐保姫

V

具体

地域にも馴染みて夫は知らぬ間に春のまつりの雪駄買ひ置く

ひとつ家に階を隔てて尋ねゆく互《かた》みにとほく時空違へて

古代より戻りし夫にたつぷりと薬味添へたる素麺を出す

異次元の余韻をともに引きずりて定位置に見る七時のニュース

共通の具体ぶあつく持つわれら同時に店の名前を言ひぬ

一編を閉づ

一杯の生姜紅茶に立て直すもしかもしやの心細さを

叢雨に降りこめられて読みつづく海坂《うなさか》藩士の無念のくだり

ささやかな暮し支ふる矜持とは　名もなき藩士の一編を閉づ

ブラインドひくく鎖したる窓の外いくたびも夫の半身よぎる

鳥となり充電台の巣に戻る掃除機はちさき羽根をしづめて

ゆくりなくつけしテレビの画面よりベリーダンスの女人あらはる

大雨にざんざ乱れし青楓そらに五月のみどり揉み出す

融通のきかぬひと日をまたなぞるガラス戸は常に右より磨き

銀杏切り輪切り乱切りみぢん切り俎板に載せる時の宰相

水無月の雲

雲を呼び風を呼びたる大太鼓丹後のふかき森に響けり

静寂を破る一打に呼応して流れ始める水無月の雲

和久傳の森をひとすぢ切り裂きて響き渡れり「鼓童」の笛は

締太鼓鳴りわたりたる山あひに人と樹々とのさかひ解かれて

垣根よりおいでおいでをするやうに夏萩はほそき身を乗り出せり

出口入口

六月の雨どこまでものみほして勝者のごとく苔は隆起す

敷石の目地にタイムは群れ咲きてうすももいろの罫線描く

こちらから動けば変はる景を見す六面体の春日灯籠

火袋に向かひ合はせの孔ふたつ出口入口するりと変へて

灯籠に彫らるる鹿の逃避行みなづきのあをき夕風を受け

のぼりきる先に限りはあるものを捩摺《もぢずり》は紅《こう》をしぼりてのぼる

竹御簾の節目のつくるさざなみは吹きくる風に騒立ちはじむ

茹でこぼす小豆のあかきにごり汁夏の淀みを一気に流す

シアターと名付けて籠る一室に夫は流浪の剣客となる

このことを思へば胸が明るめる言ふほどでなきひとつを持てり

五分五分にもつ衰へと引き換へにおたがひさまの労りを得る

異なれる高さの椅子を庭に置き今日咲く花に合はせて座る

影踏みて影追ひこして渡りゆく交叉路に人は孤へと散《ばら》けて

日にちをつぶさに人に記憶され倍のいのちを互ひに生きる

きつぱりと正午を告ぐるサイレンに転がりつづける言葉を止める

垂直に立つ樫の木を通り抜け気まぐれ鳥の水平飛行

合はせ味噌溶けて鍋より香り立つ限りある世のふゆの朝《あした》に

幾何学模様

ゆふぐれと夜とをつなぐのりしろの削られてゆく長月の空

つぎつぎと稲田の枡目刈り込まれ陣地のやうな一画のこる

日常を離れつかのま浮遊するシャンプー台に反り身となりて

若さより遠退きて見るやすらかさ追ひも追はれもせぬ夕月夜

どうとでもとれる言葉を泳がせて予報士の指す台風の円

恵まれてゐることひとつふくらませ朝の鏡を大きくひらく

端的に告ぐる息子《こ》の声再生し音立てて切るあをき野沢菜

網の目に死んだふりする夕蜘蛛と小春日和のなごり分けあふ

浸食の荒荒しさを刻みつけ山陰のながき海岸つづく

どの道を辿りてもここに着くやうな縁側の隅の一脚の椅子

弓なりの海

弓なりの岸に打ち寄す波の襞ひと波ごとに歳月《とき》を還して

遠近《をちこち》の島をめぐりて鳥一羽　入江に占むる身ひとつの影

あらたまの年のはじめの通り雨　この世の傘を洲中にひらく

暗緑にふかまる入江を眺めをりおもひでといふ櫂をしづめて

渡り得ぬ冬の夕虹澄みわたる海のかなたにおほきくかかる

しらさぎをゆめの浅瀬に飛び立たすふるさとは円き弓なりの海

跋

さいとうなおこ

ほのあかき桜並木をくぐりぬけ人はやさしく濾過されてゆく

巻頭の歌を選ぶ時、人はどんな思いで選ぶのだろう。私はもう忘れてしまったが、北野さんはこの一首をしっかり意識をもって選んだに違いない。桜の並木をくぐり抜けて行くと、人は汚れなく清らかになるという。どこか祈りのような静かな歌だ。

確か十一年くらい前のことだ。「未来」の新しい企画として「今月の一人」というシリーズである。中堅の力のある作家に作品九首と短文をお願いする頁ができた。現在も続いているシリーズである。毎号注目していた川口美根子選歌欄の彼女に依頼文を出したところ、断られてしまった。あきらめきれず私は宮津まで電話をかけ、自信がないと言う北野さんを説得したようだ。それが最初だった。川口さんが選者を辞された後に生まれた私の選歌欄に参加されたのだが、北野さんの師は、彼女の才能を愛して育んだ亡き川口美根子さんである。そして、その向こうに私たち二人の師、近藤芳美氏が居られる。北野さんの歌を見て来た三人が朝鮮半島の生まれであることに今、気づいた。偶然だけれどどこの繋がりは何だか愉しい。

北野さんの一冊を紹介するため、この数日歌を選んでいるのだが、どんどん多くなり、どこからどのように書けばいいのかとても迷っている。

アイロンのすべるあとより立ちあがる梔子《くちなし》色のブラウスの花
まつすぐな畔をあゆめばさみどりの田はつぎつぎと後退りする
透明な玉かんざしが徐々に吸ふ祭りの果ての闇のうすあゐ
縦縞のひとへの帯を垂らすとき流れはじめるゆふぐれの瀧
直線の素描のやうに身を緊めて麻の着物のひと歩みくる

とりあえず最初の方から抄いてみた。アイロンをかけると綺麗にひらいてゆくような白いブラウスの白い花。「立ちあがる」により梔子の甘い香りまでただよう一首目。二首目は、歩けば風景は後ろに下がるのが当たり前だが、「まつすぐな畔」「つぎつぎと」で、左右の緑を分ける心地よさが伝わる。次の三首は和服に親しむ人ならではの歌。祭りの夜の闇に染まる玉簪を挿しているひとのうなじまで見えるような三首目や、四首目の「縦縞のひとへの帯」を着付けるときの「瀧」の喩など、身体を出さずに身体を感じさせるところがなかなかにくい。五首目は身体がすっきり表現されている。「直線」が要《かなめ》であろう。布をカッティングする洋裁師を母に持つ私がまったく知らない世界。真直ぐな反物の魅力であろう。反物といえば、「反物のなかより流るる桜川　春の畳をななめによぎる」の一首もある。どの歌も作者が見ているものが読者にも見え、瑞々しく、深呼吸したくなる。

一艘の春の小舟は水脈《みを》曳きて湾を渡れり弦のごとくに
ぐいぐいと夏の日差しを押し戻し運河は蒼き水位を上げる
厳冬に挑むがごとく橋立は真一文字に海を切り裂く
伊根もづくさくさく食めば背後より舟屋の海の潮満《うしほ》ちくる
外海のうねりに乗りて冬鳥はつるりと湾の喉《のみど》を潜る
ここよりは外海となる運河《かは》の先さざなみは徐々に野放図となる

次に主題のふるさと、丹後の海の歌をあげてみる。こうした歌を読んでいると、海風と潮のにおい、運河の波、日差しや舟や水鳥や、伊根特産の水雲《もずく》の味まで自然にこころが受け入れてしまい、導かれるままに海辺へ立っているような気がするから不思議だ。これは単に歌の表現が巧いというのではなく、一首一首に旅人の目ではなく、たまに帰省する人の目でもなく、常住の人ならではの責任を引き受ける目が働いているからだと思う。対象をしっかり見つめている視線は柔らかなのに、強い。見慣れた風景であっても一切手抜きをしていない歌だ。

父の歩にをさなきわれの歩を重ねけもの道へと行きし日ありき
一生を母は広げてまた仕舞ふ過去形ばかりの藍の風呂敷
受験期の汝がきりきり引き絞る弓弦の音は夜々を軋めり
教育のテレビ討論夫は見てするすると戻る校長の顔に
ブラインドひくく鎖したる窓の外いくたびも夫の半身よぎる
シアターと名付けて籠る一室に夫は流浪の剣客となる
目鼻なき一対の雛飾り置きわれらも見えぬ一隅を持つ
共通の具体ぶあつく持つわれら同時に店の名前を言ひぬ

家族への視線も柔らかくて強い。「けもの道」を行く大きな背と小さな背。父への愛情は二つの「歩」にこめられている。老いた母への娘の感情はこんな風にも詠めるのだと二首目には教えられた。歳月も何もかも包み込む「藍の風呂敷」がいい。三首目、母の歌と同様で比喩が的確。受験期の息子の沈黙と母の緊張が痛いように伝わってくる。そして、一冊の中で私には好ましい夫の歌は、悩んだ末に三首を選んだ。「校長の顔」から「流浪の剣客」までは年月を経ていよう。夫婦の歌二首も同じである。年月によって変化する顔やこころ。並べて読むと夫と妻は似ていないようでもお互いさまなのが分かる。「窓の外」を過る夫に室内から気づく五首目は、妻の意識が無意識に出ている。「ブラインド」で、夫の顔が見えないのが絶妙。

北野さんとは一年前に京都駅の八条口で会った。声だけの知り合いだったが、ごく自然に再会した友のように。私より少し若く、歌歴は少し長い。丹後の素敵な歌の先輩たちの元で真直ぐ若い枝を伸ばし、その後「未来」に入会したことを知った。

定まらず流れず葛湯のやうにゐていつしか季は水無月となる
ととのへてととのへてのちひと息に崩してみたき衝動を持つ
人もまた草木と同じときどきは日を浴びなさいと文のなかほど
とことはに捩れを解かずもちずりは平地にほそき意志をつらぬく
叢雨に降りこめられて読みつづく海坂《うなさか》藩士の無念のくだり

「真直ぐ」と言ったが、人生が平坦であったという意味ではない。常住するということは、たくさんの人に見守られつつ、それだけ隠れるところがないということでもあろう。これはふるさとのない私の勝手な想像である。人生におけるさまざまな場面での身の処し方や自身のこころとの折り合いの付け方が右の歌から感じられる。あからさまに詠むのではなく、たえず自らを励ましながら言葉を選んでいる。五首目は、藤沢周平の小説に登場する小藩の下級武士を踏まえての歌だがこころにしみる。「海《うな》坂《さか》」とは、水平線が描く緩やかな弧をそう呼ぶとも何かで読んだ。もしそうなら作者にぴったりの言葉ではないか。

草紙よりひとりの姫の遁れ来むひかり涼しき夏の屏風に
スカーフの象形文字の黄の鳥とゆれてまどろむ夜の電車に
ひとつ経てひとつ始まる春隣ちぎりこんにやくふつふつと煮て
六月の雨どこまでものみほして勝者のごとく苔は隆起す

まだたくさん好きな歌、紹介したい歌はあるが、きりがないので表情の異なる歌を四首だけ。感心するのは特別な素材を探すのではなく、日々の周辺の中から無理をせず新鮮な歌をつくってしまうことだ。自分にとって身近なものをていねいに見ること、味わうこと、感じることが身についているのだろう。

しらさぎをゆめの浅瀬に飛び立たすふるさとは円き弓なりの海

最後に、タイトルの歌であり掉尾の一首を。北野さんのふるさとの海へのあこがれの象徴として白い鳥がはばたく。美しすぎると言われそうだが、これが彼女の本質なのかもしれない。「円き弓なりの海」を陸から眺めると水平線が見える。海はそこで終わりではなく見えないその向こうにも続いている。ようやく第一歌集という舟を出した北野さんの航海を、その水平線の向こうを、私はこの歌集を手に取ってくださる読者の方々とともに見守ってゆきたい。

二〇一八年　四囲の緑が輝く日に

あとがき

『弓なりの海』は私の第一歌集です。

平成元年に未来短歌会に入会し、川口美根子先生に二十数年間ご指導いただきました。のち平成二十二年より、さいとうなおこ先生にご縁を得て、今日までご指導を仰いでいます。

両先生方には、合わせて三十年という長きにわたり、遅々とした歩みの私をあたたかく見守っていただきました。

今まで一家庭人でしかない私が歌集を編むことは、平板で狭い世界を晒すようで、なかなか決断には到りませんでした。

昨年、京都で初めてさいとうなおこ先生にお目にかかる機会を得、お話しをするうちに、ともかく自分なりの世界を詠むより他はなく、これらを纏めることによって新たに見えてくるものもあるのではないかとの思いから、おのずと心が定まってきました。また何とか気力の残る六十代の内にという思いも後押しをしました。

三十年という歳月を一冊にどう纏めようかと苦慮しましたが、私の愛着のある歌を主軸に、あまり制作年にはこだわらず、思いのままに三六三首を選んでみました。

歌集を編む作業を進めるうち、思いがけぬ二つの気付きがありました。

一つは、ふるさとの自然がもたらす歌への影響です。

私は日本三景の一つ「天の橋立」と真向かう丹後の地、宮津で生まれ育ちました。今もこの町で暮らしています。「神の通ひ路」と言われる橋立の神秘的景観に加え、長い歴史と伝統を秘めるここ丹後の地は、その由来を尋ねるほどに味わいを増す名所です。

とはいえ当地に暮らしを重ねながら、そのあまりの身近さに格別の思いを抱くこともなく過ごしてきました。

この度選歌を重ねてゆくうちに、丹後の光りや風が大きく歌に作用していることに気付かされました。ふるさとの自然とともに、日々の心のさやぎを歌という形に掬い取りなぐさめ、自分らしく立ち上がらせていたのかもしれません。

二つ目は、地元の人々との交流により、多くの学びを得たことです。未来に入会しましたのは二十代の頃、朝日歌壇に投稿し多くの作品を近藤芳美先生に採っていただいたことがきっかけでした。

以前より地元の「丹後歌人会」に入り、親子、孫ほども年の違う諸先輩方に囲まれ過ごした年月は、後の大きな宝となりました。数名とはなりましたが、今もささやかな歌会を続けています。

また二十数年前より同世代の仲間達と、古典を中心に学び直しをしようと発足した読書会、趣味の茶道とのつながりをもつ人々もまた、歌の心を育ててくれました。深い探究心があった訳でもなく、ただ友人達に会える楽しさ故に積み重ねてきた時間が、いつの間にか日々を支え、歌を支えてくれていたのかもしれません。

ふるさとのもたらす恩恵に感謝しつつ、歌集名は「弓なりの海」としました。大きく広がる若狭湾、またその中に入り込む宮津湾、そして天の橋立が作り出す砂洲の景観により名付けたものです。

上梓にあたり、まず歌の礎を築いていただいた故川口美根子先生に感謝の意を捧げたいと思います。

さいとうなおこ先生には、何もわからない私をこまやかに導き、出版までの道のりの一切を引き受けていただきました。また身に余る解説を添えていただき、心よりの感謝と御礼を申し上げます。

青磁社の永田淳様とスタッフの皆様には、細部にわたる御配慮をいただき厚く御礼申し上げます。また素敵な装幀をしてくださった上野かおる様に感謝申し上げます。

最後に、遠い地よりさり気なく気にかけてくれる子供達、またパソコンの苦手な私に代わり歌の入力など面倒な仕事を引き受け見守ってくれた夫に、心からの「ありがとう」を伝えたいと思います。

平成三十年　芽吹きのころに

北野　幸子

歌集　弓なりの海

初版発行日　二〇一八年八月三十一日

著　者　北野幸子
宮津市波路二四〇五－四（〒六二六－〇〇六一）

定　価　二五〇〇円

発行者　永田　淳

発行所　青磁社
京都市北区上賀茂豊田町四〇－一（〒六〇三－八〇四五）
電話　〇七五－七〇五－二八三八
振替　〇〇九四〇－二－一二四二二四
http://www3.osk.3web.ne.jp/~seijisya/

装　幀　上野かおる

印刷・製本　創栄図書印刷

ISBN978-4-86198-409-9 C0092 ¥2500E